Agnès Debacker

Le jour d'Igor

Illustrations de Vincent Pianina

Mouche
l'école des loisirs
11, rue de Sèvres, Paris 6ᵉ

Du même auteur à *l'école des loisirs*

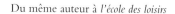

Collection MOUCHE

Ma chère Alice

ISBN 978-2-211-22215-0

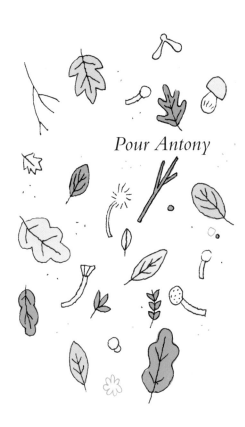

Pour Antony

1
En chemin

Si Judith n'allait pas chez Grand-maman tous les dimanches, elle passerait sa journée à faire la roue et des crêpes. Jamais elle ne s'ennuierait. Mais Grand-maman aime beaucoup sa petite-fille et, rien ne lui fait plus plaisir que ses visites. D'autant que Judith ne vient jamais les mains vides. Elle lui apporte toujours de bonnes choses à manger. Ainsi, chaque dimanche, une fois son déjeuner avalé, elle enfile son grand manteau rouge, attrape le panier rempli de commissions et, avant de franchir le pas de la porte, écoute les recommandations de sa mère :

— Surtout Judith, ne passe pas par la forêt, c'est trop dangereux. Tu suis la voie de chemin de fer. C'est plus long, mais au moins, aucun risque que tu rencontres d'horribles créatures comme LE GRAND MÉCHANT LOUP. Tu as bien compris ?

— Oui, oui, maman, pas de problème, lui répond à chaque fois Judith.

Mais à chaque fois, elle désobéit : arrivée au croisement des deux chemins, Judith s'amuse à franchir la limite interdite. Elle laisse les rails sur le côté, se dirige vers le chemin du bois, et marche jusqu'à ce que la forêt devienne trop effrayante. Judith sent alors son cœur vriller dans sa poitrine, son sang ne faire qu'un tour et la peur l'envahir tout entière. À ce moment-là seulement, elle fait demi-tour et court pour échapper aux terribles dangers.

Aujourd'hui n'échappe pas à la règle. D'un pas léger et sautillant, Judith emprunte le chemin défendu et s'enfonce un peu plus qu'à l'habitude, au cœur de la grande forêt. « Encore dix pas et je me sauve », se dit-elle. Et tandis que les arbres semblent se resserrer tout autour d'elle, que leur feuillage touffu cache la lumière du soleil, et que d'étranges bruits résonnent jusqu'au ciel, Judith aperçoit au loin une forme étrange. Une forme qui n'est ni une maison, ni un arbre, ni un chasseur, ni une femme, ni un homme, ni un enfant, ni… Rien de bien rassurant. Vite, Judith se réfugie derrière un arbre. Ainsi à l'abri, elle observe du coin de l'œil ce qui ressemble à s'y méprendre, à l'être le plus redoutable, le plus terrifiant, le plus dangereux qui soit : LE GRAND MÉCHANT LOUP en personne. Il est en tout point pareil à ce que lui a décrit sa mère : une langue rouge

vif qui pend jusqu'à terre, des yeux brillants injectés de sang, des crocs jaunes et saillants, un pelage couleur corbeau.

Effrayée, Judith se colle contre l'arbre. « Il va me découvrir, il va me découper en morceaux, et il va me manger toute crue », pense-t-elle dans le plus grand désarroi.

Elle se serre contre le tronc et rêve d'une porte secrète dissimulée dans son écorce. Elle tâte le bois au cas où, mais rien ne s'ouvre. Elle ferme les yeux et pleure sur son triste sort, puis de colère d'avoir été si imprudente, donne un coup de pied rageur dans son panier. Son contenu s'étale devant ses yeux : un paquet de galettes à la framboise, un

petit pot de crème, une plaquette de beurre, une tarte au flan et une boîte de magret de canard.

« Peut-être que si je lui offre tout ça, il me laissera tranquille », se dit-elle en sanglotant. Et elle s'imagine déjà faire un échange de bons procédés avec LE GRAND MÉCHANT LOUP : mon panier contre ma vie sauve. Un peu rassurée par cette idée, Judith essuie ses larmes, renifle un bon coup et ramasse les commissions. Alors qu'elle s'empare de la boîte de magret de canard, celle-ci lui échappe des mains et roule de l'autre côté du tronc. Judith la suit et s'en saisit. Soudain, elle sent une présence à ses côtés. Une présence suspecte et potentiellement dangereuse. Et tandis qu'elle relève lentement les yeux, son cœur s'emballe, ses jambes défaillent. Là, à quelques centimètres d'elle, recroquevillé contre le tronc de l'arbre : LE GRAND MÉCHANT LOUP en personne.

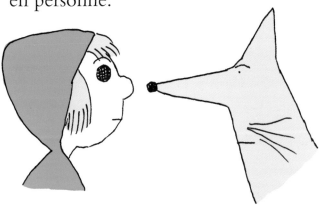

2

Des cailloux dans le ventre

Qui a crié le premier ? Personne ne sait. Qui a été le plus effrayé ? Difficile à dire, mais il est sûr que LE GRAND MÉCHANT LOUP l'a été autant par Judith, qu'elle par lui.

À bonne distance l'un de l'autre, Judith lui lance alors :

— Non, mais moi, je n'ai aucune mauvaise intention !

Le loup recule encore d'un mètre ou deux.

— Ouais, c'est ça, dit-il.

— Mais je vous assure, monsieur le loup, reprend Judith la voix toujours tremblante. Je n'ai pas du tout envie de vous dévorer !

— Peut-être, mais t'es quand même habillée en rouge.

— Et alors ?

— Et alors ? Et alors, j'ai un vague souvenir qu'en présence de petites filles habillées en rouge, ça finit avec un fusil pointé sur le museau et des cailloux dans le ventre. Et je ne sais pas si tu sais, mais ça se digère très mal les cailloux.

— Non désolée, je ne savais pas… mais, euh… si vous n'avez pas envie de me dévorer moi ça m'arrange, en plus je suis pressée, je dois aller chez Grand-maman…

À ces mots, LE GRAND MÉCHANT LOUP prend ses jambes à son cou et s'enfuit au fond des bois.

Après le départ du loup, Judith reste interdite quelques instants. Doit-elle continuer d'avoir peur ou est-elle hors de danger ? Quoi qu'il en soit, ce jour-là, elle arrive saine et sauve chez Grand-maman.

— Bonjour ma chérie. Comment tu vas ? Tu sais que c'est gentil de venir voir ta grand-mère. Alors, qu'est-ce que tu m'apportes aujourd'hui ?

Et sans laisser le temps à Judith de répondre, Grand-maman pose le panier sur la table et fouille à l'intérieur. Puis, ses petites lunettes rondes perchées sur le bout du nez, elle sort la boîte de magret de canard et l'inspecte scrupuleusement.

— Eh bien, elle est pleine de terre cette boîte ! dit-elle en le tournant dans tous les sens.

Judith fait semblant de ne pas entendre, et file aux toilettes pour arroser d'eau fraîche ses joues en feu.

Quelques instants plus tard, en soufflant sur sa tasse de chocolat chaud, elle se fait une intime promesse : ne jamais dire à personne ce qui lui est arrivé ce jour-là.

Cette rencontre hors du commun avec LE GRAND MÉCHANT LOUP restera un secret.

SON secret.

3

Loup, y es-tu ?

Le dimanche suivant, Judith décide de traverser la forêt d'un bout à l'autre. Elle flâne, musarde, balance son panier devant derrière, saute à cloche-pied, fait la roue, cueille de jolies petites fleurs et chantonne :

LE GRAND MÉCHANT LOUP n'en est plus un du tout.

Il a peur des fusils, de moi et des cailloux.

Je traverse la forêt,
sans me faire dévorer.
Je cours dans les bois,
sans risquer quoi que ce soit !

Pourtant lorsqu'elle arrive au cœur de la grande forêt, là où jamais elle n'a osé aller, l'inquiétude pointe le bout de son nez.

« Et si c'était une ruse ? », pense-t-elle. « Et s'il était caché derrière un buisson, en train de me regarder avec ses yeux qui brillent ? Peut-être qu'il regrette de ne pas m'avoir mangée dimanche dernier. Peut-être qu'il croise les griffes pour que je revienne. »

Et Judith décide qu'il vaut mieux être prudente. Elle court alors d'un arbre à un autre et observe, l'œil alerte, les alentours. Mais elle a beau épier les quatre coins de la forêt, il n'y a pas l'ombre d'un poil de moustache de loup à l'horizon. À quelques pas de chez Grand-maman, comme elle ne craint plus rien, et pour s'amuser un peu, elle met ses mains autour de sa bouche et crie :

– Loup, y es-tu ?

Pas de réponse. Alors elle crie plus fort :

– LOUP, Y ES-TU ?

LE GRAND MÉCHANT LOUP passe la tête entre deux troncs d'arbre :

– Tu vas te taire, petite fille de malheur !

Judith a un mouvement de recul, mais elle ne s'enfuit pas.

— Salut, lui dit-elle un peu intimidée.

— Salut, répond le loup un peu agacé.

Judith tripote sa manche et lance à la dérobée un regard plein de curiosité au GRAND MÉCHANT LOUP. Le loup, lui, la regarde de ses yeux qui brillent.

— Tu veux quoi à la fin ? Que j'aie des ennuis ?

— Non, non, ânonne Judith en dessinant des croix sur le sol.

— Alors, il faut me laisser tranquille.

Ils restent plantés là, comme deux ronds de flan. Le loup regarde Judith, puis regarde ailleurs. Judith regarde le loup puis regarde ses chaussures.

— Bon, ben, salut ! finit-elle par dire.

— Salut, dit à son tour le loup.

Elle tourne les talons et, lentement, quitte la forêt.

Quelques instants plus tard, devant sa tasse de chocolat chaud, la petite cuillère collée au palais, Judith, est ailleurs.

— T'es pas bien bavarde aujourd'hui, s'étonne Grand-maman.

Judith laisse tomber sa petite cuillère sur la table et se lamente :

— C'est parce que j'ai un devoir de maths à faire pour demain et je ne comprends rien.

— Ah ça, c'est embêtant, s'exclame Grand-maman. C'était pas mon fort, moi, les mathématiques, quand j'étais petite. Ce que je préférais, c'était la géographie et les sciences naturelles. Tu sais qu'on disséquait des grenouilles ? Ah ça, c'était quelque chose ! On avait un petit scalpel et hop, d'un coup sec, on lui ouvrait le ventre. Après, il fallait chercher les organes : le foie, l'estomac, tout ça. C'est tout petit quand même… Les pauv'bêtes, ajoute-t-elle avec un rire d'alouette, à la fin, c'était plus que d'la charpie…

Cette histoire de devoir de maths est un mensonge, mais au moins, le silence est rompu. Elles regardent ensuite une série policière en mangeant de la tarte aux pommes et à 16 h 00, Judith embrasse Grand-maman d'un baiser qui claque et s'en va.

4

À pas de loup

Comme il fait encore jour quand
elle sort de chez Grand-maman,
Judith décide de passer par la forêt.
Elle sait, dans son for intérieur,
qu'elle n'emprunte pas ce chemin
uniquement pour les jolies petites
fleurs et le raccourci. Elle sait, au
fond d'elle, qu'elle brûle d'envie de
revoir LE GRAND MÉCHANT
LOUP. Alors elle le cherche. Elle
s'aventure dans les chemins de

traverse, prend le temps de s'arrêter, d'écouter les bruits alentour et à force de patience et de ténacité, elle finit par le trouver. Il est au bord d'une mare, tranquille, en train de boire. D'un bond, elle s'apprête à le rejoindre, mais se ravise.

« Il va encore me dire de disparaître », pense-t-elle.

Elle s'accroupit sur une vieille souche et observe l'animal féroce. Du moins, ce qu'il en reste. Sa langue vermeille qui lape l'eau de la mare, ses canines aiguisées et alertes, son pelage couleur de nuit, sous lequel elle devine ses muscles et sa force. Après s'être désaltéré, il lève la tête vers le ciel et bâille aux corneilles. Une gueule immense s'ouvre.

« Ça alors, se dit-elle, avec une bouche pareille, il peut en avaler des petites filles et des grands-mères ». Et Judith sent un léger frisson lui parcourir le dos. Mais quand elle voit le loup s'éloigner nonchalamment, elle le suit sans aucune hésitation.

Elle marche à pas de loup, en prenant soin d'éviter les brindilles qui craquent sous les pieds quand, sans crier gare, le loup se met à courir comme un dératé. Judith le poursuit autant qu'elle peut. Mais deux jambes, aussi rapides soient-elles, ne valent pas quatre pattes, d'un loup de surcroît. Impuissante et à bout de souffle, elle le voit disparaître à l'horizon.

« Zut, zut, zut et rezut, se dit-elle en tapant des pieds. C'est trop bête ! »

Tout essoufflée et, pleine de colère, elle s'en retourne chez elle, bredouille.

– Il ne perd rien pour attendre celui-là, marmonne-t-elle entre ses dents. Je finirai bien par le retrouver un de ces quatre dimanches.

Il ne sera
pas nécessaire
d'attendre
jusque-là.
Suivant des
yeux une jolie
mésange, elle

aperçoit l'animal velu entre deux gros
chênes. Judith s'approche doucement.
À quelques mètres de lui, elle plisse les
yeux pour mieux voir ce qui se passe.
LE GRAND MÉCHANT LOUP
a tout l'air de renifler un nid
rempli d'oisillons
piailleurs.
Elle s'attend
à ce que d'un
instant à l'autre,
il ouvre grand

sa gueule et dévore d'une seule bouchée les petites boules de plumes. Mais au lieu d'un massacre, elle assiste à un sauvetage. Le loup semble chercher la branche idéale pour y déposer le nid : une branche touffue et surtout pas trop haute car, les loups courent vite, mais pour ce qui est de grimper aux arbres, c'est une autre histoire. Malheureusement aucune branche ne convient. Il finit donc par mettre le nid en équilibre sur sa tête et pose ses pattes avant sur le tronc de l'arbre. Malheureusement, dans cette position, il ne peut plus faire grand-chose.

C'est alors qu'il remarque Judith, au beau milieu du chemin.

— Eh ! toi, lance-t-il, au lieu de

me regarder, tu pourrais pas venir
m'aider ? Tu vois bien que je suis
embêté là !

Judith accourt sans se faire prier.

5
Une paire d'ailes,
s'il vous plaît !

Judith grimpe à l'arbre
avec une facilité déconcertante.
Arrivée là-haut, elle attrape le
nid, toujours en équilibre sur
la tête du loup, choisit une branche
et le pose délicatement.

D'un ton menaçant, le loup
s'adresse aux oisillons :

– Je vous préviens les mioches,
si vous faites encore les clowns, je

raconte tout à votre mère et vous ferez moins les malins !

Les oiseaux se taisent et Judith descend de l'arbre avec une telle agilité que le loup en reste pantois.

— Mission accomplie, dit-elle fièrement en posant pied à terre.

— Ben… merci, dit le loup impressionné.

— De rien ! À vot'service, monsieur le loup ! répond-elle d'un ton enjoué.

— Je m'appelle Igor.

— Igor ?

— C'est ça, Igor.

— Ah ! Moi, je m'appelle Judith.

S'ensuit un silence gêné, comme si la révélation de leur prénom recouvrait un secret honteux.

Puis Judith demande :

— T'avais pas faim ?

— Comment ça, j'avais pas faim ?

— Ben je veux dire, si t'avais eu faim, tu les aurais mangés, les oisillons.

Dépité, le loup lui demande :

— Non mais franchement, j'ai une tête à manger des oisillons ?

— Ben…

— Ben non ! Désolé, je mange que des pissenlits et des fraises des bois.

Judith trouve cela étonnant, mais, sentant qu'il s'agit là d'un sujet sensible, elle n'insiste pas.

— Écoute, reprend Igor, je te remercie encore une fois de ton aide, mais faut plus qu'on traîne ensemble, toi et moi.

– Pourquoi ?

– Mais parce que c'est pas bon, si ça se sait, je vais avoir de très gros ennuis, c'est sûr !

– Je vois pas pourquoi ça se saurait, lui répond Judith. Je sais garder un secret, et en plus, je mens très bien. Je peux raconter n'importe quelle histoire, sans rougir, sans bafouiller, droit dans les yeux, comme ça : elle s'avance, ouvre grand les yeux et les plonge dans ceux brillants d'Igor.

Quelques secondes s'écoulent.

– Oui, bon ça va, fait Igor un poil gêné en tournant la tête de côté.

Il soupire et reprend :

– J'ai pas l'habitude qu'on m'embête moi, je vis ici, peinard, j'ai pas besoin de… J'ai besoin de personne !

« Dommage », pense Judith en regardant ce qui l'entoure : des arbres majestueux qui chatouillent le ciel, des fleurs guillerettes qui colorent la terre et des oiseaux farceurs qui ne tiennent pas en place.

– Sauf pour accrocher les nids, dit-elle alors les yeux en l'air.

– Je m'y suis mal pris, c'est tout. D'habitude, je m'en sors très bien. Et puis franchement, poursuit-il, t'as déjà vu un loup traîner avec une fille ?

— Non, et alors ? Si j'ai envie de traîner avec toi… J'ai bien le droit, quand même.

Igor, doucement, commence à s'agacer :

— Mais c'est pas possible, je te dis que je suis un loup. Tu comprends ça, un loup…

Judith le coupe et hausse le ton, elle aussi :

— Mais moi, je m'en fous que tu sois un loup, en plus t'es même pas méchant, alors…

— Alors ça, t'en sais rien. J'ai peut-être jamais mangé de petite fille, ni de grand-mère, mais on sait jamais, ça pourrait arriver. Après tout, ça doit être inscrit dans mon patrimoine génétique.

– C'est quoi un « patrimoine génétique » ? demande Judith, perplexe.

– C'est… c'est rien, dit-il en s'affaissant légèrement et en baissant la tête.

Un oisillon en profite pour se poser sur la tête d'Igor et picorer son crâne. Igor se retient de rire sous ses chatouilles. Lorsqu'il relève le museau, l'oiseau se colle à son oreille comme pour lui murmurer un secret puis s'envole rejoindre le nid.

Judith et Igor ont à présent tous les deux les yeux rivés vers la cime de l'arbre, avec l'air d'écouter ce qui se trame là-haut. « S'il faut être oiseau pour devenir son ami, je demanderai

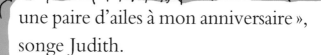

une paire d'ailes à mon anniversaire », songe Judith.

— Même si t'as besoin de personne, reprend-elle, et même si t'es un loup, et même si t'as un patrimoine de gènes, eh bien... j'aimerais quand même... qu'on se voie.

Judith prononce cette dernière phrase du bout des lèvres, de peur de l'énerver encore. Et elle ajoute :

— Et puis... comme ça, je pourrais t'aider un peu pour les nids. Ça serait bien, non ?

Igor soupire. Il est malheureusement à court d'arguments. Il pose alors son regard sur Judith et là, deux grands yeux noisette, fougueux et déterminés, finissent de l'amadouer.

— Bon oui, ok, pourquoi pas... mais...

– Ah super ! s'exclame Judith. Je suis contente. On se voit dimanche prochain alors. Et puis aussi tu pourras m'apprendre à courir plus vite ? !

Elle regarde sa montre. Il est tard. Sa mère risque de s'inquiéter. Elle salue Igor et prend la route du retour.

6

Judith et Igor

Sur le chemin, Judith n'en finit plus de sourire. Elle se voit déjà, elle et Igor en train de sauver les oisillons, elle et Igor en train de faire la course, elle et Igor en train de manger des fraises des bois, elle et Igor en train de faire des bouquets de violettes, de grimper aux arbres, manger de la tarte au flan, jouer à cache-cache, couper la queue des lézards, fabriquer des cabanes et des lance-pierres, faire la roue et des ricochets sur l'eau. Elle en est là de ses réjouissantes pensées quand elle entend trottiner derrière elle. C'est Igor.

— Il va faire noir dans cinq minutes, vaut mieux que je te raccompagne.

— Si tu veux, lui répond Judith, surprise et ravie à la fois.

— Et puis, poursuit Igor d'un air tout à fait sérieux, c'est quand même une forêt, on n'est pas à l'abri des mauvaises rencontres.

— Ah bon ? Quel genre ? demande Judith intriguée.

— Les chouettes, faut se méfier des chouettes, elles sont capables du pire.

— Du pire ? Comme quoi ?

— Te crever les yeux. Ça leur arrive quand elles font trop la fête.

— C'est horrible !

— Oui, je sais.

— De toute façon, j'ai pas peur, dit Judith, si elles m'attaquent, je leur lance mon panier à la figure, et toi, t'auras plus qu'à les croquer.

— Manger une chouette ça va pas, non ! Je ne mange pas de ce pain-là, je te l'ai déjà dit.

— Ah oui, pardon, j'avais oublié.

Ils ne croisent pas de chouette ce jour-là, seulement un marcassin qui somnole sur le bord du chemin. Au moment de se quitter, Judith se tourne vers Igor et lui demande :

— On se voit dimanche prochain ?

— Dimanche prochain ? Je sais pas, faut voir, j'ai beaucoup de travail, tu sais.

— Oui, je sais, avec tous ces nids qui dégringolent… Mais je t'aiderai si tu veux ?

Igor fait mine de réfléchir cinq minutes.

— Ok. Pourquoi pas.

— Super !

Ils se saluent encore une fois et Igor suit Judith du regard jusqu'à ce qu'elle soit sur le point de disparaître. Judith se retourne alors, et lui adresse un dernier signe de la main.

Le soir au fond de sa couette, Judith pense à Igor. Est-ce qu'il dort la nuit ? Est-ce qu'il a une cabane qui lui sert de chambre ? Est-ce qu'il fait du feu pour se réchauffer ? Est-ce qu'il lit avant de s'endormir ? Et la journée, à part sauver des oisillons, à quoi passe-t-il son temps ? Est-ce que parfois, il va à des repas de famille ?

Est-ce qu'il se brosse les dents ? Et son « patrimoine génétique », est-ce qu'il va se réveiller un jour ?

Judith s'endort l'esprit traversé par toutes ces questions et rêve cette nuit-là, d'un loup aux yeux verts, de soupe à la chouette et de tube de dentifrice géant.

Le dimanche qui suit, à peine sortie de table, Judith a déjà son manteau sur le dos, prête à partir.

— T'es bien pressée aujourd'hui, lui dit sa mère.

— Oui, je sais, mais aujourd'hui je vais faire des crêpes avec Grand-maman, alors j'ai envie d'arriver tôt.

— Ah, ça, lui répond sa mère en souriant, je comprends, les crêpes, ça n'attend pas.

Et Judith est déjà dehors quand elle entend sa mère crier :

— Même si tu es pressée, surtout tu ne passes pas par la forêt, c'est…

Les derniers mots de sa phrase se perdent dans le vent. Judith est déjà loin.

7

L'arbre à poils

Dans la forêt, Judith crie le nom d'Igor. Elle le cherche partout, mais il n'est ni au pied de l'arbre des oisillons, ni en train de boire à la petite mare, ni… nulle part. Judith s'assoit par terre, cale sa tête entre ses mains et se lamente : « Ça y est, il n'a déjà plus envie de me voir. À tous les coups il se cache en attendant que je m'en aille… » Elle entend les oiseaux qui piaillent dans le ciel.

Elle donnerait beaucoup pour être l'un des leurs, vivre dans la forêt et raconter des secrets aux oreilles des loups.

Il est tard, Grand-maman l'attend. Alors avant de quitter les bois, elle hurle une dernière fois son prénom au cas où. Malheureusement, aucun loup ne cavale jusqu'à elle, pas plus qu'une tête sombre et poilue ne dépasse d'un arbre. De tristesse et de rage, Judith envoie valser les cailloux qui traînent sur sa route.

« Aïe ! » entend-elle alors. Ce « aïe » venant du ciel, elle lève les yeux et aperçoit une queue de loup dépasser des branches d'un arbre.

— Igor ?

— Oui ?

— Qu'est-ce que tu fais dans l'arbre ?

— Eh bien, je… je sauve des nids.

— Ça fait une heure que je te cherche, je t'appelle et tu ne réponds pas. J'ai cru que tu ne voulais plus me voir.

— Ah non, pas du tout.

Judith, sur la pointe des pieds, essaie d'apercevoir Igor. Simplement le feuillage touffu de l'arbre le recouvre en entier et c'est à peine si elle peut distinguer quelques touffes de poils disséminées de-ci de-là.

— Je pensais que tu ne savais pas grimper aux arbres, reprend alors Judith.

— Eh bien, disons qu'en règle générale, les loups, en effet, ne grimpent pas aux arbres. Mais j'ai pas trouvé mieux pour sauver les p'tits oiseaux.

— Ah, dit Judith d'un ton déçu. C'est bête, j'aurais bien voulu t'aider moi.

C'est alors qu'un craquement résonne jusqu'au ciel. Quelque chose est, à coup sûr, en train de se casser. Une branche d'arbre a priori.

— Tout va bien Igor ? demande Judith, inquiète.

— Je crois qu'il ne faut surtout pas que je bouge, répond Igor avec empressement.

— Tu ne peux pas descendre ? T'es coincé ?

— Oui.

— Bouge pas Igor, je vais te sortir de là, lance Judith pleine d'assurance.

Sans en dire davantage, elle quitte la forêt et court jusque chez Grand-maman.

Après une visite express, Judith est de retour dans les bois en traînant derrière elle une échelle d'au moins deux mètres de long.

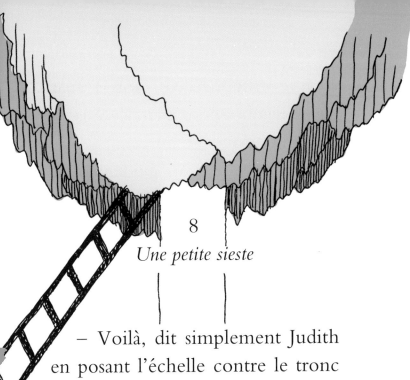

8
Une petite sieste

— Voilà, dit simplement Judith
en posant l'échelle contre le tronc
de l'arbre. C'est bon Igor, tu peux
descendre maintenant.

Pas de réponse. Judith, lève alors
les yeux. Plus de queue qui dépasse,
ni de touffes de poils disséminées
de-ci de-là.

— Non mais, je rêve, il se moque
de moi, ce loup !

Elle prononce ces mots à voix haute, ce qui a pour effet de soulager un peu sa mauvaise humeur.

Elle appelle mais évidemment, personne ne répond.

Fatiguée et énervée Judith s'adosse au tronc de l'arbre et se laisse lentement glisser. Les fesses à terre, les jambes allongées, le dos en appui contre le tronc, elle reprend son souffle et son calme.

« C'est un vrai courant d'air, ce loup », pense-t-elle encore dépitée. Judith en a assez de lui courir après et décide de rester là quelques instants. De profiter de l'agréable chaleur du printemps et du vent qui, doucement caresse son visage. Son corps est tout à fait relâché et détendu, quand elle entend une sorte de grognement, qui, s'il n'est pas celui d'un ours, ne peut être que celui d'une bête féroce, voire d'un monstre. Précipitamment, elle se redresse, tourne sa tête à droite puis à gauche, mais point de monstre ni de bête féroce à l'horizon.

Seulement, le grognement, lui, revient. Cette fois Judith se lève et s'empresse de grimper à l'arbre.

Une fois là-haut, elle place ses mains en visière sur son front et scrute les alentours. Elle ne voit rien d'autre que des arbres. Des arbres à perte de vue. «Je ne suis pas folle tout de même», se dit-elle alors. La terre ferme lui paraissant trop dangereuse, elle tente d'appeler Igor pour qu'il vienne la secourir.

Elle met ses mains autour de sa bouche, et crie après lui aussi fort qu'elle peut.

Igor apparaît au pied de l'arbre. Il a le visage bouffi et le poil en désordre.

— Quoi, quoi, qu'est-ce qui se passe ? demande-t-il, l'air à moitié endormi.

— Ah Igor ! Si tu savais… Mais tu viens d'où ? Je t'ai pas vu arriver.

Et là sans lui laisser le temps de répondre, elle lui explique, toute paniquée qu'il y a, ou un ours, ou un monstre qui se balade dans le coin, qu'elle a très peur et qu'elle est très contente de le voir.

Igor se frotte les yeux et la regarde d'un air hébété.

— Un ours ?

— Oui !

— Y'a pas d'ours dans cette forêt, je le saurais quand même.

— Alors c'est un monstre.

— Non plus, je crois pas.

— Mais je l'ai entendu, j'te dis !

— T'as entendu quoi, exactement ?

Judith imite le grognement du mieux qu'elle peut. Igor l'écoute attentivement.

— Euh… reprend-il un peu gêné, en fait, je crois que tu m'as juste entendu ronfler.

Elle écarquille les yeux.

— C'est terrible ! Quand tu ronfles, on dirait…

— Oui je sais, ça va j'ai compris, un ours ou un monstre.

— En tout cas, je suis contente

de te voir, dit Judith en descendant de l'arbre. J'ai cru que tu m'avais encore fait faux bond. Regarde, je t'avais rapporté une échelle.

Igor est ému de cette attention, même si malheureusement, il n'a pas eu le temps de s'en servir. La branche sur laquelle il était assis s'est cassée et lui, est tombé. Sans trop se faire mal heureusement.

– Ça m'a servi de leçon, la prochaine fois je t'attendrai pour remettre les nids à leur place. Bon, écoute Judith, je resterais bien encore un peu de temps avec toi, mais je dois y aller, j'ai baby-sitting.

– Ah bon ? Tu gardes des en-fants ?

– Ça m'arrive. Je rends service

aux lapins parfois. Ils ont beaucoup d'enfants, alors je les soulage un peu de temps en temps.

— Tu me les présenteras un jour ?

— Tu rigoles ! Y'a pas plus farouche qu'un lapin. Il m'a fallu des années pour pouvoir les approcher.

— Oui mais bon, t'es un loup quand même, c'est normal. Non ?

— Je sens que cette discussion va m'agacer, dit Igor prêt à partir.

— Pardon, je voulais pas te vexer, dit Judith, confuse.

— Ok, c'est bon, dit-il. Je te laisse, je suis en retard.

Igor file comme un éclair dans la nuit.

« Comme ça doit être chouette

de courir aussi vite. Ou mieux, d'être sur son dos ! » songe Judith.

Cette nuit-là, ses rêves sont peuplés d'arbres poilus, d'ours en peluche, et d'échelle décrochant la lune.

9

Le jour d'Igor

Le dimanche suivant, Judith trouve Igor sans difficulté. Il est assis sur un parterre de fleurs et, d'un geste précis et délicat, arrache les pétales d'une marguerite.

— Tu joues à «Je t'aime, un peu, beaucoup, à la folie, pas du tout»? demande Judith.

— Non, pas du tout, je prépare une nouvelle tisane.

— Tu fais des tisanes?

– Oui, c'est ma passion.

– Comme Grand-maman ! Elle en invente plein. « À chaque mal, une tisane », dit-elle. En ce moment, elle en boit une pour fortifier ses os. Elle l'a appelée : « Tisane vieille carcasse. »

– C'est intéressant, dit Igor. Et il y a quoi dans sa tisane ?

– Du thym, des fleurs de rhododendron, de la gentiane… Il y a d'autres trucs, mais j'ai pas tout retenu.

– Elle a du thym, ta grand-mère, dans son jardin ?

– Oui, plein.

– Ça m'intéresse. Tu pourras m'en apporter ?

– Oui, si tu veux.

Igor propose ensuite à Judith une tisane fraîche à la fleur de coquelicot. « Très énergisante » d'après lui. Puis, ils se mettent au travail et ensemble, sauvent une bonne vingtaine de nids. Avant de quitter Igor, Judith insiste pour faire la course jusque chez Grand-maman. Évidemment, Igor arrive le premier mais en bon entraîneur, il encourage Judith et la félicite :

– Pas mal pour quelqu'un qui n'a que deux jambes.

Lorsqu'elle arrive chez sa grand-mère, Judith est exténuée et s'endort devant la télévision.

Grand-maman la réveille. Elle veut faire une partie de « p'tits chevaux ». Judith accepte à contre-cœur. Il est tard et elle voudrait jouer encore un peu avec Igor avant de rentrer. Quand elle arrive enfin à s'échapper, il lui reste peu de temps mais elle a bien l'intention d'en profiter. Surtout qu'Igor semble ravi de la revoir.

– Tu m'as rapporté du thym ? demande-t-il.

– Ah zut… J'ai complètement oublié ! Promis, je t'en rapporte la semaine prochaine, d'accord ?

Igor est un peu déçu. Il voulait tenter une nouvelle recette.

– Je serai patient… dit-il dans ses moustaches.

Tous les deux terminent cet après-midi par une partie de cache-

cache, un concours de ricochets et avant de se quitter, Igor a droit à une démonstration de roue.

Il applaudit des deux pattes :

— Très jolie, dit-il, vraiment, très jolie !

Ce soir-là, Judith court pour rentrer chez elle. Elle est très en retard.

— Je me suis inquiétée, lui dit sa mère les sourcils froncés. Où étais-tu ?

– Eh bien… c'est parce que
j'ai aidé Grand-maman à faire la
vaisselle, et je n'ai pas vu l'heure.

– La vaisselle ? interroge sa mère,
perplexe.

– Oui, lui répond Judith en
regardant ses pieds.

– J'ai comme l'impression que
tu me caches quelque chose.

— Mais non, pas du tout… hum, ça sent bon ! Tu as fait des spaghettis à la bolognaise ?

Sa mère lui lance un regard suspicieux mais l'invite tout de même à venir à table. Le sujet est clos, du moins pour ce soir.

Dans son lit, Judith se dit qu'à l'avenir, elle devra être plus prudente. Igor doit rester un secret. Un secret bien gardé si elle veut continuer à passer ses dimanches avec lui. La nuit, elle rêve d'un chapiteau immense. À son sommet est inscrit en lettres lumineuses et gigantesques : LE JOUR D'IGOR.

10

Mauvaises nouvelles

— Aujourd'hui, je viens avec toi chez Grand-maman. Tu es contente? demande la mère de Judith.

La nouvelle lui tombe dessus comme une pluie de grêle.

— Ben oui, c'est super, répond-elle du bout des lèvres.

Ce jour-là, lorsqu'elles arrivent à la croisée des chemins, Judith suit sa mère et emprunte, le cœur brisé, la voie de chemin de fer.

« Si au moins j'avais pu prévenir Igor. Il va se demander où je suis. Peut-être même qu'il va penser que je ne veux plus le voir », s'inquiète Judith en traînant les pieds.

Elle lève alors les yeux vers sa mère et de tout son cœur espère qu'aujourd'hui est une exception, que l'envie de l'accompagner chez Grand-maman lui passera dimanche prochain.

Arrivées devant la petite maison en briques jaunes, Judith et sa mère constatent, étonnées, que la porte d'entrée est entrouverte. Elles franchissent le seuil et trouvent au milieu du salon, deux policiers et un chasseur.

— Mais qu'est-ce que vous faites

ici ? demande, affolée, la mère de Judith.

— Bonjour, dit d'une voix ferme un policier moustachu et ventripotent, je suis le commissaire Mouktar.

Puis, après un silence :

— J'ai une bien triste nouvelle à vous annoncer. Grand-maman s'est fait enlever et est sans doute à l'heure qu'il est... dévorée. Encore une fois, LE GRAND MÉCHANT LOUP a frappé.

La mère de Judith manque de s'évanouir. Judith se fige et blêmit.

— Pas d'inquiétude démesurée, mesdames, car si le coupable est retrouvé à temps, il y a de fortes probabilités pour que Grand-maman s'en sorte indemne. Peut-être avec quelques égratignures, mais rien de bien dramatique.

La mère de Judith demande si quelqu'un a été témoin de la scène.

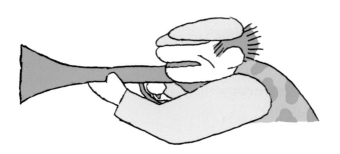

— Moi, répond alors Alfred le chasseur en soufflant sur son fusil. J'ai vu ce bougre attraper Grand-maman dans sa gueule immense, et l'emmener comme une furie au fond des bois. Mon fusil était pointé sur lui mais je n'ai pas tiré. Trop risqué, j'aurais pu blesser Grand-maman.

– C'est horrible ! s'écrie la mère de Judith.

– Je ne vous le fais pas dire, madame, dit le commissaire, mais n'ayez crainte, nous allons passer la forêt au peigne fin et nous le retrouverons.

Judith regarde sa mère, puis les policiers, puis le chasseur.

– Maman, je peux aller m'allonger là-haut, je ne me sens pas très bien.

– Bien sûr, ma chérie.

Elle s'approche ensuite de sa fille et lui caresse doucement les cheveux.

– Ne t'en fais pas, tu as entendu les policiers ? On va la retrouver ta mamie.

Judith fait oui de la tête, tourne les talons et grimpe à l'étage. Une fois là-haut, elle ouvre la fenêtre de la chambre, escalade le mur et file jusqu'à la forêt.

«Non, non, non et non», se répète-t-elle inlassablement. «Igor n'aurait jamais pu faire une chose pareille. Alfred le chasseur a rêvé. Grand-maman est quelque part, peut-être juste partie faire une course. Ils sont fous ces policiers et ces chasseurs...» Mais alors qu'elle retourne la situation inlassablement dans sa tête en accusant tout le monde d'avoir perdu la raison, Judith trouve un bout de tissu par terre.

Lentement, elle le ramasse et l'inspecte sous toutes ses coutures. Pas de doute possible, il provient du tablier de Grand-maman. Le cœur de Judith s'emballe. Le doute s'immisce dans son esprit.

« Son patrimoine génétique », pense-t-elle soudain à moitié effrayée. « Peut-être qu'il s'est réveillé. »

Elle reste les bras ballants quelques instants, ne sachant plus, ni quoi faire ni quoi penser, puis se ressaisit d'un coup : « Il faut que je retrouve Igor… quoi qu'il m'en coûte ! »

11

Un coupable idéal

Igor est au bord de la mare. Il boit à grandes lampées. Judith s'approche de lui. Elle sent ses jambes trembler légèrement sous son grand manteau rouge.

— Salut Igor.

— Salut, répond-il d'une voix maussade, sans relever la tête.

— Igor ?

— Quoi ?

— La police te recherche.

D'un geste sec, il relève le museau et plante un regard brillant dans les yeux de Judith.

– Pourquoi ? Qu'est-ce que j'ai fait ?

Judith gigote d'une jambe sur l'autre pour calmer leur tremblement, et évite autant qu'elle peut le regard sombre d'Igor.

– Eh bien… d'après eux, tu aurais enlevé puis… dévoré Grand-maman.

– Mais c'est n'importe quoi, s'écrie Igor, j'ai rien fait de tout ça, j'ai…

Igor s'interrompt. Il aperçoit le bout de tissu que Judith tient dans sa main.

— C'est quoi ça ?

— C'est… c'est un morceau du tablier de Grand-maman. Je l'ai trouvé sur le chemin.

Un silence d'au moins une demi-tonne s'abat sur eux. Igor plisse le regard et bombe le torse. Judith regarde ses chaussures.

— Je vois, reprend Igor. Tu regardes tes pieds, tu trembles comme une feuille, tu crois détenir une preuve… En fait, tu penses comme eux ?

Judith pince les lèvres. Elle voudrait être ailleurs.

Igor, d'un coup, sort de ses gonds.

— Non mais je rêve ! On traîne ensemble depuis des semaines, on sauve des petits oiseaux, on fait des bouquets de violettes, on joue à cache-cache, on boit des tisanes et tu me crois encore capable de faire une chose pareille ?

Judith a presque envie de pleurer. Igor en colère est très impressionnant.

— Mais non Igor, c'est pas ça, prononce-t-elle d'une voix chevrotante, mais c'est que Alfred le chasseur a tout vu, alors…

— Alors ?

— Alors, alors… ben, j'ai repensé à cette histoire de « patrimoine génétique », et je me suis dit qu'il s'était peut-être réveillé. Tu comprends ?

— Mon « patrimoine génétique » ?

renchérit Igor, hors de lui. J'en crois pas mes oreilles ! Je t'avais raconté ça pour que tu me fiches la paix. Si j'avais su, j'aurais insisté. J'en serais pas là aujourd'hui. Être accusé de manger des p'tites vieilles… Franchement…

Judith sent la honte l'envahir. Comment a-t-elle pu douter de son ami ? Elle tente un mot d'excuse et une moue désolée pour se rattraper :

– Pardon, Igor. Mais…

Igor la coupe :

– Je vais te raconter moi ce qui s'est réellement passé. Mais après, Judith, il faudra me laisser tranquille. Je pense qu'on n'a plus rien à faire ensemble. De toutes les manières, j'aurai beau faire tous les efforts du monde, je ne serai jamais qu'un loup affreux et affamé…

Les mots d'Igor se perdent dans le sifflement des sirènes de la police qui approche à toute allure. Il baisse alors la tête.

— Je suis fichu, dit-il d'une voix résignée.

Judith s'approche de lui et s'accroupit. Elle aimerait le serrer dans ses bras, mais n'ose pas.

— Igor, tu ne peux pas rester là sans rien faire, il faut que tu ailles te cacher.

— Ah oui ? Et où ? À entendre tout ce remue-ménage, il doit y avoir une voiture de police postée à chaque coin de la forêt.

– Tu pourrais te cacher dans un arbre ?

– Mais je ne grimpe pas aux arbres, tu as oublié ?

– Pourtant t'y es arrivé l'autre jour ?

– J'ai mis trois heures…

– Et l'échelle ! Elle est toujours là, l'échelle de Grand-maman. Vite Igor, on y va.

Il prend alors Judith sur son dos et tous deux s'évadent au triple galop. Au pied de l'arbre, Judith pose l'échelle contre le tronc.

Igor grimpe à toute vitesse et se cache dans le feuillage.

Judith a à peine le temps de cacher l'échelle, qu'une douzaine de voitures de police s'arrêtent, dans un assourdissant crissement de freins, à quelques mètres de là.

12

En état d'arrestation

Les portières des voitures s'ouvrent toutes en même temps et, des policiers munis de casque, de gilet pare-balles et de pistolet, en sortent les uns après les autres. La mère de Judith, est là elle aussi. Lorsqu'elle aperçoit sa fille contre l'arbre où se cache Igor, elle accourt vers elle.

– Ma chérie, gémit-elle en la serrant dans ses bras, qu'est-ce que tu fais là ? C'est LE GRAND

MÉCHANT LOUP? Il t'a enlevée
toi aussi?

Judith n'a pas le temps de
répondre. Le commissaire s'approche
d'elles et leur fait signe de se taire.
Il pointe ensuite son fusil vers la
cime des arbres. Tout le monde
lève les yeux et aperçoit, dépassant
ostensiblement des branches, une
touffe de poils qui ressemble à s'y
méprendre à la queue d'un loup.

Chacun retient son souffle. Judith
est désemparée. « Maudite queue »,
pense-t-elle au fond d'elle-même.

— Rends-toi, GRAND MÉ-
CHANT LOUP. Tu es cerné! lance
alors le commissaire.

Quelques secondes s'écoulent
pendant lesquelles personne ne

bouge. La forêt entière semble en état d'arrestation.

Puis, le commissaire somme à nouveau Igor de descendre de l'arbre. Rien ne se passe, mais chacun peut entendre le craquement d'une branche résonner jusqu'au ciel.

– Ça suffit maintenant, GRAND MÉCHANT LOUP, reprend pour la troisième fois le commissaire, je ne le répéterai plus. Descends immédiatement !

À nouveau du silence, jusqu'à ce qu'Igor, décide, malgré sa délicate posture, de prendre la parole.

– Euh… je tiens à dire, que je suis innocent, que je n'ai absolument rien fait et aussi, que même si je le voulais, je ne pourrais pas descendre… Je suis coincé.

Le commissaire, abaisse son arme puis jette un œil à ses coéquipiers. Il semble chercher celui qui serait capable de déloger LE GRAND MÉCHANT LOUP.

— Chef, chef, s'écrie l'un d'entre eux, il y a une échelle.

Et sans attendre l'ordre de la ramener, le policier s'en empare et la transporte jusqu'à l'arbre. Alors qu'il s'apprête à la poser contre le tronc, Judith s'interpose.

— NON, dit-elle d'une voix perçante. Laissez-le. Il a rien fait. C'est pas un GRAND MÉCHANT LOUP comme vous dites tous. C'est… C'est Igor et…

Judith peine à poursuivre. Les regards autour d'elle l'impressionnent. Elle ne sait plus très bien ce qu'elle est censée dire. Elle aimerait juste que disparaissent tous ces gens en uniforme bleu marine mais, malheureusement, personne ne bouge ni ne se volatilise.

— En fait, reprend-elle avec quelques trémolos dans la voix, Igor… Igor n'aurait jamais pu faire ce que vous dites. C'est pas lui qui a mangé Grand-maman. C'est pas lui, parce que lui, il ne mange que des pissenlits et des fraises des bois. Et aussi, il sauve des p'tits oiseaux et…

Elle inspire un grand coup, ravale sa salive douloureusement et ajoute :

— Il fait des tisanes aussi.

Judith baisse les yeux comme pour signifier qu'elle n'a plus rien à ajouter.

Le commissaire pose alors la crosse de son fusil sur le sol. Un sourire pointe au travers de sa moustache. Ce dernier se transforme doucement en rire. Un rire qui finit par faire tressaillir le ventre du commissaire. Lorsque les soubresauts se calment, le commissaire s'approche de Judith, s'abaisse à son niveau et, d'un air hautain, lui explique que ces êtres malfaisants sont fourbes comme des diables. Qu'ils sont capables des pires mensonges pour arriver à leur fin. La colère s'empare de Judith. Elle a comme une envie de hurler et de sauter au cou du commissaire pour le

faire taire. Heureusement pour elle,
son élan frondeur est interrompu par
l'arrivée miraculeuse et boiteuse de
Grand-maman en personne.

13
La fin du
GRAND MÉCHANT LOUP

— Eh bien, dit Grand-maman à bout de souffle, je suis contente de vous voir. Cette forêt me fait tourner en bourrique. Impossible de retrouver le chemin de ma maison.

Puis, jetant son dévolu sur une souche d'arbre, elle s'assoit dessus, péniblement, en s'aidant d'un bâton.

— Tout ça, n'est vraiment plus de mon âge, poursuit-elle haletante.

Et là, sans que personne n'ait besoin de la presser, Grand-maman se lance avec délectation dans le récit de son aventure.

Alors qu'elle allait dans son jardin pour y cueillir du thym, elle est tombée nez à nez avec LE GRAND MÉCHANT LOUP qui l'a attrapée entre ses crocs et enlevée.

Il l'a ensuite traînée au beau milieu des bois. Là, il a ouvert grand sa gueule et l'a laissée tomber par terre « comme une vieille chaussette ».

Il lui a alors expliqué qu'il ne lui voulait aucun mal et qu'il avait paniqué à cause d'Alfred le chasseur. Il a eu peur de se retrouver avec des cailloux dans le ventre.

— Des cailloux dans le ventre… C'est drôle, non ? ajoute Grand-maman.

— Ensuite, poursuit-elle, il m'a raconté tout un tas d'autres choses aussi farfelues les unes que les autres, que soi-disant, il n'est pas un vilain loup, qu'il ne mange que des pissenlits et des fraises des bois, et la meilleure : qu'il passe ses journées à sauver des oisillons ! Si je n'avais pas été en face du GRAND MÉCHANT LOUP, croyez-moi, j'aurais bien rigolé. Mais malgré mon grand âge et mes os tout usés, je n'ai pas perdu mon sang-froid, j'ai attrapé un bâton et je l'ai frappé sur le museau. Il s'est recroquevillé comme une limace. Ensuite, je me suis enfuie.

— Mais Grand-maman, intervient alors Judith, c'est pas des bêtises tu sais, Igor…

Un craquement gigantesque, suivi d'un cri, suivi d'un boum magistral interrompent ses propos. Igor vient de se casser la figure.

Malgré la douleur, il se remet debout dare-dare et jette un regard furtif et inquiet autour de lui. Comme personne ne réagit, mis à part Grand-maman qui le menace de son bâton, il se retourne et sans demander son reste, se sauve au fond des bois.

– Encore loupé, dit Grand-maman de sa petite voix d'alouette. Ce GRAND MÉCHANT LOUP s'en sort toujours à bon compte.

Judith tourne son regard vers le commissaire. S'il avait voulu, il aurait très bien pu menacer Igor de son arme et le mettre en état d'arrestation. Il n'en a rien fait. Ainsi, alors que tout le monde s'apprête à quitter les lieux, elle esquisse à son intention, un petit sourire rempli de gratitude. Le commissaire, quant à lui, semble soucieux. Et avant de s'engouffrer dans sa voiture, le coude posé sur la portière, il s'adresse à la foule :

— Quand même, demande-t-il, que pouvait bien fabriquer LE GRAND MÉ... enfin je veux dire Igor, dans le jardin de Grand-maman ?

— C'est vrai que je ne suis plus de première jeunesse, répond Grand-maman, mais pour ces vilaines bestioles, tout est bon à se mettre sous la dent, vous savez !

— Ou alors c'est à cause du thym, renchérit Judith. Il en voulait pour ses tisanes.

Le commissaire hoche la tête de haut en bas.

— Eh bien, finit-il par dire, qu'un GRAND MÉCHANT LOUP n'en soit plus un, passe encore, mais qu'il aille à présent dans le jardin des p'tites vieilles pour y cueillir du thym, alors là…

14

La punition

De retour chez elle, la mère de Judith lui annonce qu'elle est punie pour mensonge et amitié loufoque. Elle sera privée de sortie et de visite chez Grand-maman pendant un mois.

Évidemment Judith trouve cela fort injuste mais sa mère lui fait comprendre qu'elle n'a pas son mot à dire. C'est comme ça et pas autrement !

Dans son lit, Judith pense à Igor. «Un mois, c'est beaucoup trop long», se dit-elle. Elle s'endort le cœur en peine et ses rêves, cette nuit-là, sont peuplés de fusils, de tabliers volants et de cailloux dans le ventre.

Quelques jours plus tard, sa mère s'absente pour tout un après-midi. «C'est l'occasion ou jamais» se dit alors Judith. Elle se dépêche d'enfiler son grand manteau rouge et court jusqu'à la forêt. Elle est très heureuse lorsqu'elle aperçoit Igor au loin. Au moins, ne va-t-elle pas perdre de temps à le chercher partout. Elle le retrouve au pied du vieux chêne, celui-là même où il s'était caché pour échapper à la police.

– Igor! Je suis contente de te

voir ! Je ne pouvais pas sortir de chez moi tu sais, j'étais punie. Je le suis encore d'ailleurs. Je suis vraiment désolée pour ce qui s'est passé… Tu sais, faut pas en vouloir à Grand-maman… Je lui parlerai, je lui dirai que t'es gentil et…

Igor est adossé au tronc. Les pattes croisées, il l'écoute, impassible.

— Tu m'en veux encore ?

Sans décrocher la mâchoire ni lâcher Judith du regard, Igor fait non de la tête.

— Ça va pas, t'as perdu ta langue ?

— Absolument pas, répond-il enfin, regarde.

Et là, il sort une langue immense et cramoisie qui pendouille jusqu'à terre.

– Waouh ! quelle langue ! dit Judith, troublée.

– Je sais, répond Igor, en affichant un sourire carnassier.

– T'es un peu bizarre quand même, Igor, se risque à dire Judith, tandis que les yeux brillants du loup doucement rougissent, et se remplissent de sang.

– Je ne suis pas bizarre Judith, dit-il d'une voix suave qu'elle ne lui connaissait pas, c'est juste qu'en ce moment, je me sens un peu différent.

– Ah bon ? demande Judith, inquiète.

Igor s'avance alors vers elle l'obligeant à reculer.

– En ce moment, par exemple, reprend Igor, je ne digère plus du tout les pissenlits, et hier, au lieu de sauver les oisillons, je les ai mangés. Toute cette chair fraîche, hum… je me suis régalé. Mais ça avait un goût de trop peu, si tu vois ce que je veux dire. En fait, j'ai comme l'impression que ma nature sauvage se rappelle à moi, comme si mon « patrimoine génétique » se réveillait. D'ailleurs, Judith quand j'te vois là, toute mignonne dans ton beau manteau rouge, ben… faudrait pas me pousser pour…

Et à ces mots, Igor se jette sur Judith.

Tous les deux dévalent la
pente en roulant l'un sur l'autre et
s'écrasent contre un arbre.

Igor se relève, et demande :
– Alors ? Je t'ai fait peur ?